Ranho e sanha

Guilherme Gontijo Flores

1. *Vinheta*

Antes de tudo um tímpano ressoa.
Ele está dentro da garganta.

Entre pele e mucosa
aquilo grita

por tanta coisa dita
a carne também

pausa
canta

vive entre
ranho e sanha.

2. *Pra tocar no rádio*

Antes do som a tradução
também consoa
no traço tenso.
Entra mudando o tom.

Before the Words there was the voice
                         Antes do verbo vinha a voz
Before the verse there was the sound
                         Antes do verso vinha o som
Before the form there was the song
                         Antes da forma uma canção
Before the pen and paper
                         Antes de tinta e folha
There was the hoo hoo hoo hoo hoo
                         Vinha o hu hu hu hu hu

Before we sing we take in breath
                         Antes do canto a inspiração
Imagine fire inside our chests
                         Pensando o fogo dentro em nós
Then give it out together with one
                         E aí soltando tudo num só
Hoo hoo hoo hoo hooooo
                         hu hu hu hu huuuuu

When we were young
                         Desde bebês
When we were young
                         Desde bebês

We heard our mothers
                        Ouvindo as mães
When we were young
                        Desde bebês
When we were young
                        Desde bebês
We heard the beep beep beep beeep
                        Ouvindo o bip bip bip biip

Antes do bip uma explosão,
que pode vir do mais brilhante
diamante.
                Mas o carbono
pede a sua cópia,
e a cópia pede outras
gargantas.

3. Na barra da saia

Quando se ensaia
um canto longe
o que lhe sai?

Quando um ensaio
soa lento
o que ressoa?

Ensaio e não ensaio
canto sem canto
este poema diz a torto
e a direito
a que não veio.

Na barra da saia
ensaio uma palavra
que me escapa
e vai parar nos pés da minha mãe.

Bip, hu, bip.
Um canto longe,
aqui, agora
num improviso.

4. Bem dentro

Os tímpanos que somos
são membranas estranhas
que se encontram, escombros,
por entre as rachaduras
das gargantas.

        Os tímpanos
ressoam outros tímpanos
estranhos, dentro e fora,
que ressoavam outros
distantes, hesitantes
tímpanos terminados.

Mas como é que ressoam
o terminado, o som
interminável?

        Como
que não explodem nunca,
se tudo que começa,
acaba, e tudo acaba
pra dar começo novo?

Escute alguém cantando,
estão tão perto,   alguém,
um nome não, um não,
ninguém cantando;   aqui,
escute dentro, escute
o tímpano que somos,
bem dentro, alguém: você.

5. Suméria e Sumaré

Enheduana, *enfeita céu*,
um dia assim se decidiu:
um canto deve ter um nome.
Sem hesitar botou o seu
Enheduana, a transparência,
Sacerdotisa *Enfeita-Céu*,
o nome ali translúcido
junto da deusa Inanna.

Um dia diferente
eu escutei aquele canto
já milenar inexistente,
ouvi um rastro do inaudível
no tímpano que trago e sou,
pra traduzir num canto mudo
o som do céu de Enheduana:

> *e eu Enheduana   vou recitar a prece dela*
> *vou dar meu pranto   cerveja doce a ela*
> *à santa Inanna um   "Salve" saudarei*

Neste céu enfeitado um dia
ela cantou seu canto inteiro
determinando um nome, um tempo
e um contratempo a ressoar
seu nome e canto em outras partes:

> *plena e replena pari a canção   por ti senhora excelsa*
> *o que eu te recitei   à meia-noite*
> *repetirá o cantor   ao meio-dia*

Agora mesmo à meia-noite
ao meio-dia algum cantor
repetirá o que você pariu
pra ser um nome em tempos outros:

        e eis que ressoa todo o céu.

6. *A noite do meu bem*

No canto silencioso de um papiro
alguém desdobra o cromatismo estranho
dum corpo que será também de Safo,
corpo que sou agora enquanto entoo:

> *Agora mergulha a lua*
> *e as Plêiades todas noite*
> *profunda o instante passa*
> *e deito-me solitária*

Deito de lado a lira, tento o piano:
É Safo ainda?
        Sou-a.
            Canto pleno:

> Δέδυκε μεν ἀ σελάννα
> καὶ Πληΐαδες, μέσαι δὲ
> νύκτες πάρα δ' ἔρχετ' ὤρα,
> ἔγω δὲ μόνα κατεύδω.

          Cantochão.

Ela cantava mais naquele   dia:

Então por vezes canto,
    μνάσεσθαί τινά φαιμι καὶ ἕτερον ἀμμέων:
        alguém escuta?
Então por vezes canto,
    sei que alguém no futuro também lembrará de nós,

    por vezes cantamos juntos na Pecora Loca,
    eu, Guilherme Bernardes, Rodrigo Gonçalves,
        e cantando a somos, mas
            alguém escuta?
Então por vezes canto,
Safo que somos, por vezes cantamos,
Something in the way,
não dos Beatles, mas sim
do Nirvana, e cantamos ao mesmo tempo
com a Safo que somos, enquanto um sol
sustenido tensiona-se com lá, nas
        muitas vozes, com piano e baixo, mas
           alguém escuta?

        São frangalhos: só

e do ruído
                      agora
    a voz se aviva.

7. Na cacunda

E certa feita me peguei cantando
um quê de Clementina em terras frias
acolhido num grupo de amizades:

> *Muriquinho piquinino, ô parente,*
> *muriquinho piquinino*
> *de quissamba na cacunda*
>
> *Purugunta aonde vai, ô parente.*
> *Purugunta aonde vai*
> *Pru quilombo do Dumbá:*
>
> *Ei chora-chora mgongo ê devera*
> *chora, gongo, chora.*

Não era Clementina propriamente,
mas sua voz soando ali bem dentro,
dando a uns franceses o seu som
em mim, dando o que soo, simples,
como se sobre pedras, num piano
se erguesse ali no gelo uma vez mais,
vissungo encastelado nesta carne,
a estrada pro quilombo do Dumbá.

8. Calada noite

Um dia desses me tornei soldado
soviete em Stalingrado a procurar nazistas
no rastro dos meus bens, que não existem.

Foi pela voz de Mark Bernes,
autodublado;
            ele, que nunca esteve
soldado pra lutar em Stalingrado,
           ele, que repetia com os seus
os sons e letras de Nikita Bogoslovsky,
           que não lutou em Leningrado;

e num recurso aqui estou eu,
      aqui, de novo, agora
cruzando a noite inteira atrás da amada,
      тёмная ночь,
         eu vou cantando,

Irineu me deu os dedos todos de uma mão
para montar esta garganta,
Irineu Franco Perpétuo, um
nome todo transparências, uma
mão na roda dos impossíveis:

           Morte haverá,
           encontrei-a na estepe demais:
           neste instante
           ela espreita a rondar, junto a mim.

> *Me esperarás,*
> *junto ao berço tu não vais dormir,*
> *e por isso que sei: nada vai*
> *me ferir nesta noite.*

Ela que não existe, eu sei,
    eu sei, me esperará,
a cada vez que o canto é retomado.

9. *Houve-se o lado B*

Num outro céu Oxóssi viu o sol:

> *Okê Okê Okê Arô Alakorô*
> *Alakorô Oxotocanxoxo*
>
> *Ofá é seu fuzil*
> *uma flecha contra o fogo*
> *e o fogo apagou*
>
> *Ofá é seu fuzil*
> *uma flecha contra o sol*
> *e o sol sumiu.*
>
> *Alokorô Oxotocanxoxo*

Mas quem ecoa em mim
      o sol do Orum?
Quem guarda a mata
      dentro e fora?

O sol na garganta é fato dado,
é só ir lá buscá-lo:

> *Eu passo um giz*
> *Arco-irisando a solidão*
> *Na lição que o sol me traduz*
> *viver da própria luz.*

Que me pergunto como será
viver à luz desses fuzis.

10. Pra tocar no terreiro

Outro tratou de traduzir a gargalhada,
a boca imensa pela estrada toda,
porque assim se canta além do nada,
deste lado de cá do grande cemitério
de águas fundas.
Um Capilé, invertendo o xarope de seu nome,
me recantou o encantamento um quê de três tempos:

> *yànnda sisa*
> *sisa lukaya*
> *yánnda sisa*
> *sisa lwa nganga*

> *e lukaya*
> *yánnda sisa*
> *sisa lwa nganga*

> *yànnda sisa*
> *sisa lukaya*
> *yánnda sisa*
> *sisa lwa nganga*

> *o Alegria manifesto*
> *manifesto vai dançar*
> *o alegria manifesto*
> *manifesto líder há*

> *ele vai dançar*
> *o Alegria manifesto*
> *manifesto líder há*

enfeitado ele se excita
e excitado vai dançar
enfeitado ele se excita
forte o mestre vai mostrar

o Alegria
cria na dança
o Alegria
cria e mandará

nessa Luanda
o Alegria
cria e mandará

e se excita
fita na dança
e se excita
dita e mostrará

Quem há de ressoar o gargalhar?
Aqui eu canto, ele canta. Quem mais?
Quem há de ressoar
o gargalhar?

11. Debaixo da glote

Mais perto ainda outro canto,

                escute.

Ele cantou assim,

                atente.

Assim mesmo,

        Olha, não é nada disso
        Embora eu não saiba dizer mais nada

Como se vazios compilassem uma noite inteira,
como se o avesso de um avesso simplesmente
sobrestivesse, oco, vivo.

12. Mundo afora

O francês Michel de Montaigne, doravante Miguelito,
inventou de inventar um canto tupinambá
na própria língua. Diz que é de outro,
diz que é tradução, mas tradução do quê?
De que garganta se arranhava o canto afrancesado:

> *Couleuvre, arreste toy; arreste toy,*
> *couleuvre, afin que ma soeur tire*
> *sur le patron de ta peinture la façon*
> *et l'ouvrage d'un riche cordon que je*
> *puisse donner à m'amie: ainsi soit en*
> *tout temps ta beauté et ta disposition*
> *preférée à tous les autres serpens.*

A cobra do poema se desembesta em besta-fera,
retorna a línguas, vira cobra-coral, viva na língua
mátria de Waly e Caetano, vira bicho entremeado
às pernas do amor, às juntas do amor, às brechas.
Em todo caso, um caso de amor, caso de ensaio.

Mas desvairando uns meus amigos querem mais cantos,
inventam de inventar em outros cantos, Goethe, Vallias,
mas uns inventam de inventar recantos kaiowá, como
Adalberto Müller, doravante Molina:

> **Mbói ku'a pirã guahu**
>
> *anive retyryry mbói ku'a pirã*
> *aha'ã hagwã nde rasa pytã*
> *ajapóta jegwa ame'ẽ hagwã che rembireko py*

> *ikatu hagwãicha ne porãngwe*
> *ne mbaretekwe*
> *nde katupyrykwe*
> *iporãve mbói kuéry ambue gwi*

(Ouviram esse som nunca entoado?)

Como Alexandre Nodari, doravante Xande,
calhou de me chamar pra transmudar
de volta pro tupinambá, por sua vez inventado
por José de Anchieta, doravante Zé. E assim fizemos,
                                            [como deu:

> *Mboî' epyk, yhybok' epyk, mboî' epyk;*
> *Xe rendyra nde kûatiara osa'angyne,*
> *mbo'yporangeté monhanga i xupé;*
> *A'e aime'eng xe remiaûsuba pupéne.*
> *Nde a'angaba poranga bé nde katurama*
> *ko'arapukuî opakatu mboîa sosé ra'e.*

Mas a garganta assanha muito, sempre;
garganta é coisa bruta: cala, canta,
de preferência o que é dos outros, e ela canta:
a minha também canta, e decantou assim,
passando o anônimo tupinambá que veneramos
passando Miguelito, Goethe, Vallias e Molina,
passando Waly, Caê, e Zé e Xande e o Gui que doravante
                                            [sou, assim:

> *Quieta cobra ibioca quieta cobra*
> *pra minha irmã moldar-te à quatiara*
> *um colar no desenho da beleza*

> *que dou de dom e agrado à minha amada*
> *e assim a tua cor e o teu contorno*
> *encobrem o de todas outras cobras.*

Que inventei de inventar de dar de presente à minha
[amada,
num livro muito outro deste que se finge de canções.

Um canto destas cobras todas,
que atravessa as cordas vocais.

Por isso, às vezes rouco de outras vozes, eu me espelho:
até quando ela aguenta, esta garganta?

13. *Cantar, cantar*

> *Não sou feliz mas não sou mudo:*
> *hoje eu canto muito mais.*

Me disse um cantor latino-americano, já com dinheiro
                                               [no bolso,
antes de meter o pé na estrada e desaparecer no pó do
                                                      [tempo.
Mas foi bem antes de eu nascer.
Então eu demorei para escutar.

Bem antes de eu morrer outro poeta latino-americano,
sem muito dinheiro no bolso, e sem cantar,
numa minguante ainda oculta me contou:

> *cantar*
>   *contra o imperativo*
> *dos antidepressivos*
> *cantar*
>   *além do rolo compressor*
> *da voz*
>   *da turba em festa*
> *a própria voz*
> *desafinando,*
>
> *cantar.*

Mas o Adriano Scandolara, que eu saiba,
nunca foi muito de cantar, aliás,

eu nunca ouvi cantar, afora
o canto que carrego dele aqui comigo;

e isso me toca, tímpano e garganta,
          me chama ao grito,
     os dois conjuntos num só canto.

14. O mundo é um moinho

O ensaio da canção termina esfrangalhado
É um poema quase mudo, não?

Villon cantava as velhas senhoras do passado
como as neves que agora derretem
alagando cidades, esquentando o planeta.
Ele cantava, assim, no seu francês,
que eu tartamudo aqui traduzo:

> *Me digam onde, em qual país*
> *Vive a Flora, gata romana,*
> *A Arquipíades, a Taís,*
> *Que era uma prima germana,*
> *E a Eco que dos sons emana*
> *A rio ou lago dando liga,*
> *De gostosice sobre-humana?*
> *Cadê aquela neve antiga?*

> *Cadê a esperta da Heloís,*
> *Que deu no eunuco e monge gana,*
> *Pedro Abestado e São Diniz,*
> *De amor penando corte e cana.*
> *Quede a rainha, a tal Joana*
> *Que a Buridan em saco obriga*
> *Dentro do Sena mais sacana?*
> *Cadê aquela neve antiga?*

> *E a rainha Branca de lis,*
> *Voz de sereia quando encana,*

Berta Pezuda, Alix, Beatriz,
Ermengarda que o Maine amaina,
Joana, a lorena doidivana,
Queimada em Rouen depois da briga,
Cadê-las, Virgem soberana?
Cadê aquela neve antiga?

Não me pergunte esta semana,
Ou ano, quem é que as abriga,
Porque o refrão já te atazana:
Cadê aquela neve antiga?

E eu só repito passo a passo
a melodia inexistente.
Mais ou sont les neiges d'antan?

Você me escuta ainda?
Você me escuta aqui?

Cole o teu tímpano no centro do meu coração
até que exploda.
E é isso,
      cole o teu tímpano,
              que ele soa.

15. The End

Tudo que aqui se canta é sempre sample:
quando se diz *aqui*,
             entendam *antes*,
New York, New York,
    J'aime plus Paris,
                          Sampa,
ou *depois*,   entendam
                        cantos xavantes,
contos de estrada
           tudo é muito amplo
nos tímpanos dispersos das gargantas.

Vamos lá:
      trunque um pouco a tua tampa
de vidro,
      cante torto,
             aprenda instantes
e durantes,
      sumérios oriquis.

Baladas mortas
      todas por um triz
persistem vagas como um sassafrás
da voz.

      Venha de vez aos seus aquis
e agoras,
      venha ver como se faz
teu canto acima, abaixo, à frente, atrás.

16. Hidden Bonus Track

*A voz de alguém
quando vem do coração*,
vem de você.

Basta escutar o som
*de quem mantém
toda a pureza*:

não há pureza
quando ela vem
da natureza,

de onde vier,
onde não há pecado nem perdão,
ela só te pediu de novo um som.

Copyright © 2024 Guilherme Gontijo Flores

Todos os direitos reservados. Nenhuma parte desta obra pode ser reproduzida, arquivada ou transmitida de nenhuma forma ou por nenhum meio sem a permissão expressa e por escrito da Editora Fósforo.

DIREÇÃO EDITORIAL Fernanda Diamant e Rita Mattar
COORDENAÇÃO DA COLEÇÃO E EDIÇÃO Tarso de Melo
COORDENAÇÃO EDITORIAL Juliana de A. Rodrigues
ASSISTENTE EDITORIAL Cristiane Alves Avelar
REVISÃO Eduardo Russo
DIRETORA DE ARTE Julia Monteiro
IMAGEM DE CAPA Hilde Jensen. *Flauta de osso de Hohle Fels* © Tübingen University
PROJETO GRÁFICO Alles Blau
EDITORAÇÃO ELETRÔNICA Página Viva

Dados Internacionais de Catalogação na Publicação (CIP)
(Câmara Brasileira do Livro, SP, Brasil)

Flores, Guilherme Gontijo
 Ranho e sanha / Guilherme Gontijo Flores. — São Paulo : Círculo de Poemas, 2024.

 ISBN: 978-65-84574-95-3

 1. Poesia brasileira I. Título.

24-197043   CDD — B869.1

Índice para catálogo sistemático:
1. Poesia : Literatura brasileira   B869.1

Aline Graziele Benitez — Bibliotecária — CRB-1/3129

circulodepoemas.com.br
fosforoeditora.com.br

Editora Fósforo
Rua 24 de Maio, 270/276, 10º andar
01041-001 — São Paulo/SP — Brasil

A marca FSC® é a garantia de que a madeira utilizada na fabricação do papel deste livro provém de florestas gerenciadas de maneira ambientalmente correta, socialmente justa e economicamente viável e de outras fontes de origem controlada.

CÍRCULO DE POEMAS

LIVROS

1. **Dia garimpo.** Julieta Barbara.
2. **Poemas reunidos.** Miriam Alves.
3. **Dança para cavalos.** Ana Estaregui.
4. **História(s) do cinema.** Jean-Luc Godard (trad. Zéfere).
5. **A água é uma máquina do tempo.** Aline Motta.
6. **Ondula, savana branca.** Ruy Duarte de Carvalho.
7. **rio pequeno.** floresta.
8. **Poema de amor pós-colonial.** Natalie Diaz (trad. Rubens Akira Kuana).
9. **Labor de sondar [1977-2022].** Lu Menezes.
10. **O fato e a coisa.** Torquato Neto.
11. **Garotas em tempos suspensos.** Tamara Kamenszain (trad. Paloma Vidal).
12. **A previsão do tempo para navios.** Rob Packer.
13. **PRETOVÍRGULA.** Lucas Litrento.
14. **A morte também aprecia o jazz.** Edimilson de Almeida Pereira.
15. **Holograma.** Mariana Godoy.
16. **A tradição.** Jericho Brown (trad. Stephanie Borges).
17. **Sequências.** Júlio Castañon Guimarães.
18. **Uma volta pela lagoa.** Juliana Krapp.
19. **Tradução da estrada.** Laura Wittner (trad. Estela Rosa e Luciana di Leone).
20. **Paterson.** William Carlos Williams (trad. Ricardo Rizzo).
21. **Poesia reunida.** Donizete Galvão.
22. **Ellis Island.** Georges Perec (trad. Vinícius Carneiro e Mathilde Moaty).
23. **A costureira descuidada.** Tjawangwa Dema (trad. floresta).
24. **Abrir a boca da cobra.** Sofia Mariutti.
25. **Poesia 1969-2021.** Duda Machado.
26. **Cantos à beira-mar e outros poemas.** Maria Firmina dos Reis.
27. **Poema do desaparecimento.** Laura Liuzzi.
28. **Cancioneiro geral [1962-2023].** José Carlos Capinan.

PLAQUETES

1. **Macala.** Luciany Aparecida.
2. **As três Marias no túmulo de Jan Van Eyck.** Marcelo Ariel.
3. **Brincadeira de correr.** Marcella Faria.
4. **Robert Cornelius, fabricante de lâmpadas, vê alguém.** Carlos Augusto Lima.
5. **Diquixi.** Edimilson de Almeida Pereira.
6. **Goya, a linha de sutura.** Vilma Arêas.
7. **Rastros.** Prisca Agustoni.
8. **A viva.** Marcos Siscar.
9. **O pai do artista.** Daniel Arelli.
10. **A vida dos espectros.** Franklin Alves Dassie.
11. **Grumixamas e jaboticabas.** Viviane Nogueira.
12. **Rir até os ossos.** Eduardo Jorge.
13. **São Sebastião das Três Orelhas.** Fabrício Corsaletti.
14. **Takimadalar, as ilhas invisíveis.** Socorro Acioli.
15. **Braxília não-lugar.** Nicolas Behr.
16. **Brasil, uma trégua.** Regina Azevedo.
17. **O mapa de casa.** Jorge Augusto.
18. **Era uma vez no Atlântico Norte.** Cesare Rodrigues.
19. **De uma a outra ilha.** Ana Martins Marques.
20. **O mapa do céu na terra.** Carla Miguelote.
21. **A ilha das afeições.** Patrícia Lino.
22. **Sal de fruta.** Bruna Beber.
23. **Arô Boboi!** Miriam Alves.
24. **Vida e obra.** Vinicius Calderoni.
25. **Mistura adúltera de tudo.** Renan Nuernberger.
26. **Cardumes de borboletas: quatro poetas brasileiras.** Ana Rüsche e Lubi Prates (orgs.).
27. **A superfície dos dias.** Luiza Leite.
28. **cova profunda é a boca das mulheres estranhas.** Mar Becker.

Que tal apoiar o Círculo e receber poesia em casa?

O que é o Círculo de Poemas? É uma coleção que nasceu da parceria entre as editoras Fósforo e Luna Parque e de um desejo compartilhado de contribuir para a circulação de publicações de poesia, com um catálogo diverso e variado, que inclui clássicos modernos inéditos no Brasil, resgates e obras reunidas de grandes poetas, novas vozes da poesia nacional e estrangeira e poemas escritos especialmente para a coleção — as charmosas plaquetes. A partir de 2024, as plaquetes passam também a receber textos em outros formatos, como ensaios e entrevistas, a fim de ampliar a coleção com informações e reflexões importantes sobre a poesia.

Como funciona? Para viabilizar a empreitada, o Círculo optou pelo modelo de clube de assinaturas, que funciona como uma pré-venda continuada: ao se tornarem assinantes, os leitores recebem em casa (com antecedência de um mês em relação às livrarias) um livro e uma plaquete e ajudam a manter viva uma coleção pensada com muito carinho.

Para quem gosta de poesia, ou quer começar a ler mais, é um ótimo caminho. E para quem conhece alguém que goste, uma assinatura é um belo presente.

CÍRCULO DE POEMAS

Este livro foi composto em GT Alpina e GT Flexa e impresso pela gráfica Ipsis em abril de 2024. Cole o teu tímpano no centro do meu coração até que exploda.